# 练溪诗词小集

曹培生 ◎ 著

上海文化出版社

**图书在版编目（CIP）数据**

练溪诗词小集 / 曹培生著． -- 上海 ： 上海文化出
版社，2024. 10. -- ISBN 978-7-5535-3076-5

Ⅰ．Ⅰ227

中国国家版本馆 CIP 数据核字第 20241AD243 号

出 版 人　姜逸青
责任编辑　王茹筠
装帧设计　长　岛
策　划　舒　航　徐建新
统　筹　盛云龙　曹健华

书　　名：练溪诗词小集
著　　者：曹培生
出　　版：上海世纪出版集团　上海文化出版社
地　　址：上海市闵行区号景路 159 弄 A 座 3 楼　201101
发　　行：上海文艺出版社发行中心
　　　　　上海市闵行区号景路 159 弄 A 座 2 楼　201101　www.ewen.co
印　　刷：苏州市越洋印刷有限公司
开　　本：787×1092　1/16
印　　张：7.5
版　　次：2024 年 10 月第一版　2024 年 10 月第一次印刷
书　　号：ISBN 978-7-5535-3076-5 / Ⅰ·1187
定　　价：38.00 元

告读者：如发现本书有质量问题请与印刷厂质量科联系 T：0512-68180638

陈溪 诗词集

杭州市美术家协会名誉主席闵学林　题

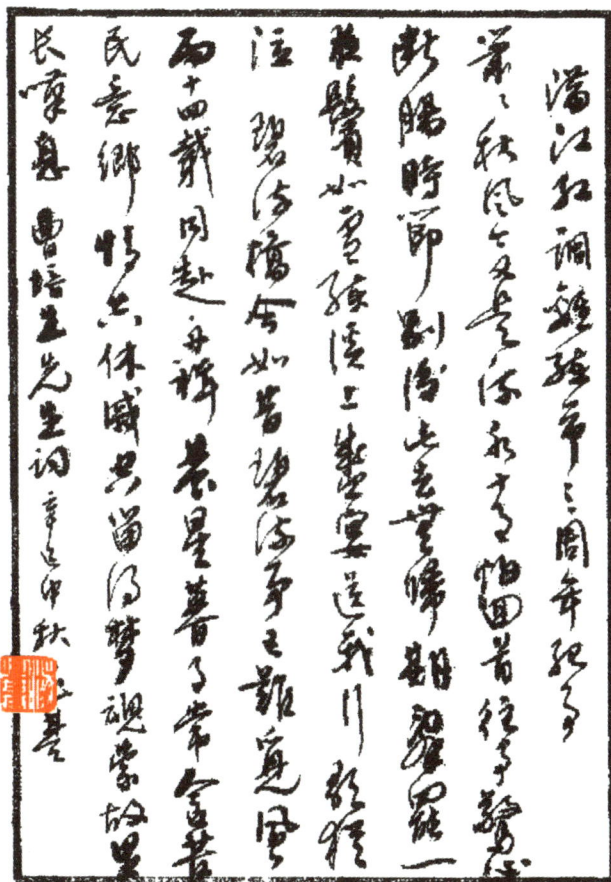

沪上书画名家汤兆基先生所书曹培生诗词《满江红·调离练市三周年纪念》手卷。汤兆基，祖籍湖州，生于上海，擅长书画、篆刻，素有"三绝"之誉。曾任上海市政协常委，《上海工艺美术》杂志主编。

鹊桥仙　湖城大雪

摩天叠玉，遍地飞花，湖墩……千山苍水静……言有篱边寒梅争发……舒卷梅……说情多情话……抚应自信人留岁邪……

曹培生作　程良书于北京

著名书画家程良先生所书曹培生诗词《鹊桥仙·湖城大雪》手卷。程良，字礼荣，湖州善琏人。早年受业于苏州名画师朱竹云先生。曾在总政歌舞团从事舞美工作三十年，成就卓著。大型歌舞《东方红》《中国革命之歌》，影片《打败侵略者》《夜幕下的哈尔滨》等片名题字均出自他的手笔。

省瞢風秋雨與衰連愁悠悠碧藍天有豪傑無
數風雲際會許指江山任你潮升水落一塵
暮堆寒爭如留清名世代相傳廉勤天下
去得若為政貪奮寸步難前噗多少好漢涉
賄落雕鞍想當初珠寶美人又怎知似蛾繞
火歡夢醒時追悔無及雙淚空乾

八聲甘州　歲暮　曹培生

八二叟王禮賢書

著名小楷名家王礼贤先生所书曹培生诗词《八声甘州·岁暮》手卷。其为晚清状元张謇再传弟子，生平独擅楷书，积数十年之功力，深为书坛大家苏局仙、费新我、启功等称道。国画大师陆俨少生前曾有"点划分明，墨色一致，气韵连贯，格调高雅"之评价。

曹培生和夫人盛玲娜在上海外滩

第一排左起：沈阿权、潘富琴、曹培生、魏春荣
第二排左起：邱正林、陆三娜、徐顺陞、曹阿毛、朱阿大

左起：姚新兴、潘锦霖、沈慧芳、曹培生

左起：蔡圣初、盛云龙、曹培生

左起：顾林祥、曹培生、施建明

左起：曹培生、仲华

左起：舒航、柯平、曹培生、徐建新

# 序：练溪的低语

柯　平

　　心灵低语与表达的冲动，是处于物质压迫下人类的普遍欲望，从来不属于文人的特权。不仅古代如此，现时如此，以后还将如此。因此，当一位练市的诗人朋友打电话告诉我，当地的老镇委书记曹培生先生要出版一本诗集，我略微有些意外，但并不吃惊。春节前拿到手后，花了半个晚上，一气读完。窗外寒雨潇潇，灯下情思缠绵，中间偶尔夹杂着一两声久违的爆竹，过年的气氛似乎又回来了。掩卷之余，想起当年无论金圣叹说的"诗非异物，只是人人心头舌尖所万不获已，必欲说出之一句说话耳"，还是黄梨洲说的"古今来不必文人始有至文，凡九流百家，以其所明者沛然随地涌出，便是至文"，真的都很有道理。

　　回想起来，那是很多年前的事了，湖州东南百里外的一座小镇，或江南水乡文化的一个缩影，那里的地标是连云桥下一条清亮的溪流和附近小山上残破的宝塔，那条溪就叫练溪，而塔俗称含山塔，是浙北每年蚕事会祭之地。在我的早年散文里有一篇叫《练市乡间之书》，就是对当地人情景物的礼赞。其中涉及交往部分，想必绕不过他，现在因这本诗集，乘兴找了出来，发现里面不仅述及友情，甚至还提到了他的诗，其中有一段是这样写的："这首调寄《钗头凤》的悼亡之作是仿效陆游体的，满纸哀思像冬日练溪上空骤然降临的大雪那样让人无法躲避。我有一个固执的观点那就是：潇洒或许可以故作，痛苦的流露却是很难作伪的。这位朴实的基层党务工作者心中在安放国家、事业和人民的同时，一直空出一块地方来安放沉重的石头——他英年早逝的女儿——他人世永难弥合的绝望与哀伤。我不知道练市人民是如何来评价他们的这位父母官的？在与他的个人交往中，只觉时时被真情打动。真实性占有着他，就像练溪两岸田野上的电流占有着机埠一样。"这是当年作者的诗歌给我留下的一个强烈印象，从那时到现在，三十年的时间过去了，国家日新月异，世事如梦如幻，练市更早已不是以前的练市，不仅为1937年冬逃难到那里的丰子恺所完全陌生，就是较他晚半个世纪初到的我，也几乎认不出来。我想，如果还能找出什么能保持不变且更见丰沛的，大概只有他内心积蓄的情感了。如同门前的练溪，点点滴滴，真真切切，先蓄于心头，再润到纸间。前人云国家不幸诗家幸，后人叹资本幸运诗不幸，经济与文学，自古两难全美。而这些诗歌，正写于幸与不幸之间，至少就写作年代与背景而言，颇多价值，可以留住时光，见证历史。刚巧那个阶段我们交往频繁，因此对他笔下所咏，有着较常人更多的理解，读来也就更为亲切。

　　前几天大雪封门，缩颈呵手读《散宜生诗》，其中回忆冯雪峰那首七律，中有一联流传颇广，叫做"文章信口雌黄易，思想锥心坦白难"，颇涉词章与义理之关系，对仗也工整至极，比写萧红的"刊物两期编海燕，龙门一品进萧红"强多了，快人快语，有一剑封喉之感。联想到作者的诗，可能要倒过来讲才对，也更接近事实，即锥心坦白是足够了，信口雌黄的本领，或许尚有所欠缺。可见诗要真正写好，实在很不容易，情感，文采，意旨，章法，缺了哪一项都不成。但一想到他只是一名读过几年书的地方乡镇领导，写了是给自己看的，从不以文人自居，没在名刊发表，更不知一品二品，内心唯一的一点遗憾，也很快释然。

2024年春节写于湖州旧宅

# 目录

*contents*

# 七律·练市镇

道上汽车陌上桑，
小桥流水稻花香。
春来鱼美米粮富，
秋后蟹肥菊花黄。
穿市运河犹曲曲，
致富公路故长长。
莫道小镇容颜老，
已沐朝晖披霞装。

作于1989年6月18日

**练市老街**（沈根发摄）

# 七绝·有怀

舵手①敢为天下先，
社会主义谱新篇②。
改革真如练溪水，
日日夜夜掀波澜。

作于1986年5月

注释：

① 舵手：航船方向盘的掌握者，这里指邓小平同志。

② 指改革开放。

# 七绝·参加湖州市第二届党代会

镰刀铁锤重千钧，
光照大地处处新。
走出会场放眼望，
菰城<sup>①</sup>今日是花城<sup>②</sup>。

作于1989年10月26日

注释：

① 菰：菰米，即今之茭白。湖州古时盛产菰米，故城以菰名，叫做菰城。

② 花城：广州美称，这里作为对湖州满城鲜花情状的形容。

# 七绝·晨读戏作

晨光倒影入溪流，
政事忙罢坐书楼。
读到忠奸难辨处，
合上书本一笑休①。

作于1989年10月27日

**注释：**

① 一笑休：一笑了之。仿陆游"死后是非谁管得，满村听说蔡中郎"
诗意。

# 虞美人·送佩波①同志灵柩火化

秋风秋雨②小镇暗，
萧萧练溪③寒，
不尽运河④水东流，
送走多少人间欢和愁。

哀乐低回悼词泣，
泪花溅如雪，
莫道此别似浮云，
鞠躬尽瘁战士死犹生。

作于1989年11月13日

**注释：**

① 佩波：潘佩波，原练市镇党委书记，作者的同事兼好友，1989年
　 秋逝世。
② 秋风秋雨：见秋瑾诗"秋风秋雨愁煞人"。
③ 练溪：练市古称"练溪"，故名。
④ 运河：即闻名中外的京杭大运河，练市位于大运河黄金水段，故
　 有"大运河明珠"之誉。

# 忆秦娥·水仙

惊叹绝，
婀娜①娇羞水中立。
水中立，
淡雅娴静，
冰清玉洁。

富贵不爱贫自惜，
偏与顽石结姻戚②。
结姻戚，
待到佳期，
暗香③四溢。

作于1989年11月21日

**注释：**

① 婀娜：婀娜多姿。

② 姻戚：指婚姻关系，水仙常与石子相伴，故称。

③ 暗香：见宋林逋诗"暗香浮动月黄昏"。本咏梅花，此处咏水仙。

# 忆秦娥·咏竹

千古誉，
雄健挺拔绿如玉。
绿如玉，
不畏霜雪，
葱葱郁郁。

幽山野水自寻趣，
铮铮铁骨谁堪比。
谁堪①比，
节气师也，
松梅友与②。

作于1989年11月27日

**注释：**

① 堪：能。

② 节气师也，松梅友与：松竹梅为"岁寒三友"，其中竹为之师。

仁寿桥（朱荧摄）

# 阮郎归·基本路线教育下农村有感

风寒霜重起一径①,
卷席下乡村。
共挖村头传统渠②,
重温当年情。

腊酒浑③,
情意纯,
语锋尖如针④。
满腹牢骚发过后,
依然一条心。

作于1989年12月5日

**注释:**
① 一径:一条小路。
② 传统渠:明写冬寒修渠,暗喻发扬光大,当年亲密无间的党群关系。
③ 腊酒浑:腊酒,腊月所酿之酒,俗称腊酒。陆游《过西山村》诗"莫笑农家腊酒浑"。
④ 语锋尖如针:指群众对党内的某些不正之风提出尖锐批评。

# 七律·伤秋

轻霜冷月晓风寒，
五更未了入田畈。
鸡声起处歌声起，
汗珠干时露珠干。
三伏插罢三秋割，
一年难得一天闲。
农家辛苦谁知晓，
停箸怅望盘中餐①。

作于1989年12月17日

注释：
① 盘中餐：见李绅《悯农》"谁知盘中餐，粒粒皆辛苦"。

# 钗头凤·悼亡女

雨未骤，
花先蹂①。
满城春色顿消透。
梦魂灭，
人踪绝。
风华②已去，
何处寻觅？
惜！惜！惜！

坐亦忧，
卧亦愁。
柔肠百结心如秋。
爱女失，
肝胆裂。

天竺风悲，
灵隐水噎③，
泣！泣！泣！

作于1987年4月22日

**注释：**

① 蹂：蹂躏、凋谢。

② 风华：青春年华，这里喻爱女。

③ 天竺风悲，灵隐水噎：作者爱女意外亡于杭州灵隐寺，故有此喻。

# 忆秦娥·再悼亡女

相思切，
三度<sup>①</sup>重向峰头<sup>②</sup>泣。
峰头泣，
行行热泪，
点点染血。

黄泉一去难寻觅，
人间从此音尘绝。
音尘绝，
野草深处<sup>③</sup>，
依稀旧迹。

作于1990年1月11日

注释：

① 三度：三年，作者爱女亡于1987年。

② 峰头：灵隐山峰。

③ 野草深处：作者爱女亡地。

# 鹧鸪天·江苏参观乡镇企业

轻车简从起征程，
料峭春寒江苏行。
拙口只知问贫富，
微躯何敢辞苦辛。

尊萧何，
追韩信，
深谋远虑拜孙膑①。
不学霸王画楚界②，
敢教春风度玉门③。

柳吐鹅黄夹道新，
乍晴乍雨最宜行。
都道苏南春漠漠④，
已见车前花冥冥⑤。

景虽好，
意难平，
客中停杯自沉吟。

自怨自艾非男儿，

扬鞭奋蹄壮士心。

作于1990年2月14日

**注释：**

① 孙膑：相传他是孙武的后代，战国时杰出军事家。

② 楚界：秦末汉王刘邦与楚霸王项羽争天下，曾划鸿沟为界，区分双方势力，历史界一般评价这是项羽失算，是转强为弱的开始。对此毛泽东也有"不可沽名学霸王"的诗句。

③ 敢教春风度玉门：见唐王维《渭城曲》"春风不度玉门关"，这里反其意而用之。

④⑤ 漠漠，冥冥：状似柳暗花明，春色无边之意。

# 浪淘沙·练市镇八届党代会感赋

韶光正清明，
高柳垂荫。
三载功过<sup>①</sup>任指评，
八届蓝图众手绘，
志在振兴。

梁上燕泥新，
口口艰辛。
前人种树后人荫<sup>②</sup>，
采得百花成蜜后，
谁知苦辛<sup>③</sup>？

作于1990年3月18日

注释：
① 三载功过：中华人民共和国人大常委会规定，乡镇党代表大会每三
年召开一次。
② 前人种树后人荫：古谚"前人种树，后人乘凉"。
③ 见唐罗隐《蜜蜂》诗"采得百花成蜜后，为谁辛苦为谁忙"。

# 鹧鸪天·第一次乘飞机

天意争如①人意高，
穿云破雾任逍遥。
座上君子多显达，
空中小姐皆窈窕。

越仙阁，
过灵霄，
天上人间尽英豪。
戏把杜诗改两字，
万里云霄一神鸟②。

作于1990年3月30日

注释：
① 争如：怎如。
② 见杜甫《蜀相》诗末句"万里云霄一羽毛"。

# 七绝·寄友人

病中读友人来函，思绪万千，倚枕神往，吟得数句，以此为勉，亦自勉也。

相逢皆叹世事艰①，
笔底隐情应更添。
莫畏前途多荆棘，
与君携手攀新巅②。

作于1990年6月7日

注释：

① 世事艰：见陆游诗"早岁那知世事艰"。
② 新巅：新的高峰。

# 西江月·漫兴

不染人间烟火，
独怀济世心肠。
白玉宫里做道场，
吐出银丝千丈。

总为区区微利，
惹来人人空忙。
蚕茧大战烽火长，
留下几多惆怅。

作于1990年7月3日

# 七绝 · 小舟夜行

舟近荻芦人近风，
市河①疑与银河通。
试问夜行谁作伴，
来去都在明月中。

作于1990年7月4日

注释：

① 市河：即练溪。

# 小重山·无题

夜夜窗下灯火明，
案前未了事①，
阻归程②。
白首无意为功名。
人已倦，
何处是长亭③。

归去竹为邻④，
东篱栽秋菊，
勤耕耘。
此中别有一般情。
与谁诉，
独自对月吟。

作于1990年7月21日

**注释:**

① 未了事：指未完成之工作。

② 归程：原指归家之路，这里暗喻退职、退养之意。

③ 长亭：见李白《菩萨蛮》诗"何处是归程，长亭更短亭"。

④ 竹为邻：种竹自娱，与竹为邻，暗用王羲之"不可一日无此君"典故。

# 巫山一段云·赠友人

练溪水东流，
相去不回头。
此情本属寻常事，
莫去惹闲愁。

春花易开易落，
明月时圆时缺①。
丈夫不叹世情薄，
只在自身搏②。

作于1990年8月2日

注释：

① 明月时圆时缺：见宋苏轼《水调歌头·明月几时有》诗"人有悲欢离合，月有阴晴圆缺"。

② 自身搏：指自我奋斗，取"人生难得几回搏"之意。

# 蝶恋花·双抢

赤日炎炎似火烧，
耕耘当午，
汗珠滴眉梢。
赤脚挥镰且弯腰，
眼前无数青烟绕①。

朝时稻田暮时苗，
抢收抢种，
农时争夕朝。
此中辛苦谁知晓，
等闲莫作农家谣。

作于1990年8月6日

注释：

① 青烟绕：青烟直冒，指烈日下弯腰耕作，头昏脑胀。

# 小重山·兰亭①吊古

翠竹幽径隐兰亭，
千年存古迹，
惹②游人。
勾践羲之已无凭③，
正气在，
众口颂英名。

墨池顾清影，
满头生华发④，
应自惊。
惆怅秋景风不停，
回首处，
寒塘正晚晴。

作于1990年9月19日

注释：

① 兰亭：绍兴市境内，为晋代大书法家王羲之旧居。

② 惹：引。

③ 已无凭：烟消云散，无迹可凭。

④ 生华发：见宋苏轼《浪淘沙·赤壁怀古》"多情应笑我，早生华发"。

# 玉楼春·咏菊

轻寒重霜三径路，
泥墙缺处香盈露。
心傲不向春风挤，
质清只伴东篱①住。

黛影斜处秋无数，
冷雨笼烟天欲暮。
一身铁骨②宁肯折，
衷情夜半对月诉。

作于1990年10月31日

**注释：**

① 东篱：见东晋陶渊明《饮酒其五》"采菊东篱下"。

② 铁骨：菊花凌寒而开，风刀霜剑无所畏惧，且至凋谢不落瓣，故有铁骨之称。

# 鹧鸪天·漫兴

庚午仲秋,赴三天门党校学习半月,感而赋之。

水送山迎入校门,
樟荫浓处缀新亭。
西林碧树润心影,
东篱黄花伴书魂。

学哲学,
析奇文,
释疑解惑有先生。
今日读罢马列书,
变幻风云①眼自明。

作于1990年11月2日

注释:
① 变幻风云:其时东欧剧变,政局不稳,心中忧忧,故有此喻。

# 七绝·为练溪学校新校舍落成而作

爱心①筑成万年基，
桑梓②殷殷望练溪。
教育堪称国家本，
尔曹③莫负读书时。

作于1990年11月14日

注释：

① 爱心：一切热爱知识、热爱教育事业的心灵。

② 桑梓：桑梓之情，这里泛指父老乡亲。

③ 尔曹：你们。见宋汪洙《神童诗》"文章教尔曹"。

# 蝶恋花·为湖州电工器材厂杭州订货会而作

席上潇洒一杯酒，
春风化雨，
殷勤笑满口。
慷慨豪饮胆如斗，
坦荡一醉诚①为首。

绝缘②金丝缘③自有，
纵横天下，
秦晋④正携手。
成交佳音宴罢后，
悠然共赏西子柳。

作于1990年11月30日

**注释：**

① 诚：真诚，此指企业信誉。

② 绝缘：该厂名牌产品"长城牌"漆包线是绝缘导线。

③ 缘：缘分，凭企业信誉而赢得的成功。

④ 秦晋：春秋时，秦晋两国世代联姻，后因称两姓联姻为"秦晋之好"。这里指厂方与客户的友好关系。

# 鹧鸪天·下乡

蚕熟禽肥谷进仓，
路线教育再下乡。
心头话比炉火热，
灯前情胜针线长。

论国事，
拉家常，
说喜说忧说方向。
今朝共谋振兴策，
来日同谱新篇章。

作于1990年12月1日

秋收时节（沈根发摄）

# 好事近·访梅

何处有暗香？
雪中寻寻觅觅。
若知春在罗浮①，
愿披星戴月。

借问孤山林和靖②，
却道寒潮急。
踏遍江南千里，
访梅花消息。

作于1991年2月16日

注释：

① 罗浮：宋苏轼诗《再用前韵》"罗浮山下梅花村，玉雪为骨冰为魂"。
以罗浮喻梅花，似自此始。

② 林和靖：宋代隐士，名逋，隐居杭州孤山，种梅养鹤，啸傲云外，有
梅妻鹤子之称。

凤凰桥（周正泉摄）

# 江城子·桑

雨洗江南千里桑，
绿盈盈，
郁苍苍。
笼烟映日，
陌上好风光。
乐为村姑采摘去，
喂蚕儿，
吐丝长。

千古高风有评章，
枝杆直，
碧叶香。
粉身碎骨，
余梗入灶膛①。
长叹世人解不得，
爱杨柳，
俏模样。

作于1991年5月5日

注释：

　　① 余梗入灶膛：桑树之枯杆，江南农村人家均伐而作柴火，故有此喻。

罱河泥（周正泉摄）

# 满庭芳·庆祝建党七十周年

四海风云，
七十春秋，
巨手扭转乾坤。
烽火岁月，
挥剑斩巨鲲①，
洗尽百年耻辱，
抛头颅，
几多忠魂。
为真理，
中流砥柱，
壮举泣鬼神。

启明，
朝晖贲。
南湖画舫，
庐山乱云。
漫漫神州路，
坎坷多艰辛。
喜看一张白纸②，

沐春风，
画图正新。
待来日，
三步战略<sup>③</sup>，
当教世界尊。

作于1991年6月30日

**注释：**

① 巨鲲：传说中的大鱼，这里指反动势力。

② 白纸：用毛泽东"一张白纸上，可以画最新最美图画"的语意。

③ 三步战略：即中国政府力争在 2000 年实现四个现代化的"三步走"
发展战略。

# 七绝·和柯平君

　　1991年夏，练市大水。柯平君曾有《讯练市水情寄培生兄四绝》见赠。久欲和之，总因忙于事务而未果。今日得闲，草成数章，不敢示佳客，仅作自嘲而已。

## 一

成败兴衰一阵风，

利禄功名从来空。

却笑霸王是呆子，

抵死不肯过江东<sup>①</sup>。

## 二

自古英雄痴情多，

缚龙身手奈命何。

沙包马达酣战处，

练水顿息万顷波。

## 三

载舟覆舟水千丈，

上抵君王下连民。

安得大禹经纶手，
身先士卒驾长鲸。

四

疏散灾民村庄里，
抢运物资大桥边。
莫道微官真辛苦，
只为爱民不为钱。

# 附柯平君原诗

一

龙蛇气象黄梅风，
烟水连天道路空。
闻道练溪曹夫子，
挑灯夜战大江东。

二

吉凶偏于吾郡多，
小吏心情复如何。
请看洪峰高涨处，
是谁犹唱定风波。

## 三

水增一尺愁一丈，
位卑忧国复忧民。
朝来蓑笠江河上，
不钓鳜鲫钓鲲鲸。

## 四

夜雨分流危闸下，
清晨排涝桑亩边。
归来泪诵前贤句，
邑有流亡愧俸钱②。

柯平君的赠诗作于1991年7月15日
回赠的第一首和韵作于同年7月17日

注释：

① 不肯过江东：宋李清照《绝句》"生当作人杰，死亦为鬼雄。至今思
   项羽，不肯过江东"。
② 唐韦应物诗《寄李儋元锡》："身多疾病思田里，邑有流亡愧俸钱。"

# 七绝二首

　　1991年秋，与友人去杭州怡口乐自助餐厅凭栏小坐，忙中偷闲。此情此景，不可无诗记之。

### 一

秋叶残荷一尺长，
杭州城里已新凉。
忙中偷闲谁似我，
怡口小坐说岳王①。

### 二

世间何处平坦路，
苦雨霜风罩黄花。
安得桃源②一亩地，
半宜种稻半种茶。

作于1991年10月15日

注释：

① 岳王：即岳飞，杭州怡口乐自助餐厅地邻岳坟。

② 桃源：见东晋陶渊明《桃花源记》。

# 水调歌头·赴山东考察

彩车接十里，
鞭炮响九重。
长街漫舞，
客地元宵春意浓。
收尽严冬寒气，
涌起小康春潮，
磅礴卷山东。
恰如黄河水，
气势自峥嵘①。

访淄博②，
走莱西③，
越鲁中④。
求计问策，
茅庐三顾兴未穷⑤。
齐鲁争霸之地，
当年金戈铁马，
何必觅旧踪。
伟业今再创，

改革当先锋。

作于1992年2月20日

**注释：**

① 唐李白《将进酒·君不见》："君不见，黄河之水天上来"，故曰"峥嵘"。

② 淄博：山东地名。

③ 莱西：山东地名，莱阳西面。

④ 鲁中：山东古系鲁国之地，故鲁中即山东。

⑤ 茅庐三顾：引用刘备三顾茅庐的故事。

# 水调歌头·乘坐海轮由青岛至上海

滔滔千水阔，
苍苍九天寒。
舟行水上，
恰如一叶浪中翩。
遥想郑和①当年，
挥帆七下西洋，
壮举成美谈。
古今一笑事，
何处吊遗玄②。

劈风浪，
迎朝阳，
天地宽。
沧海横流，
英雄本色方能显③。

莫愁云腾潮涌，
自信前程平坦，
困难只等闲。

敢揽瓷器活，
自有金刚钻④。

作于1992年2月22日

注释：

① 郑和：明朝大臣，官至三宝太监，曾先后七次率船队远至西洋各国
通商，事迹详见小说《三宝太监西洋记通俗演义》。

② 遗玄：遗迹。

③ 郭沫若《满江红·沧海横流》词："沧海横流，方显出英雄本色。"

④ 敢揽瓷器活，自有金刚钻：民谚"没有金刚钻，莫揽瓷器活"。这里
反其意而用之。

# 七绝·游江郎山①口号②

一到江郎就叹神，
巨峰三指直插云。
苍鹰回首人裹足③，
疑是刀削斧砍成。

作于1992年11月30日

注释：

① 江郎山：浙西著名景点，在今浙江省江山市境内。

② 口号：七绝的一种通俗诗体，即兴成诗，以尽可能口语化为上。

③ 苍鹰回首人裹足：裹足不前，言其高也。

# 鹊桥仙·感怀

晓风如剑，
朝霞似锦，
晨寒冰须挂霜。
独步练溪西塘路，
看鸭子戏水河上。

冰土春草①，
残月朝阳②，
自古交替消长。
东风万里重浩荡，
为真理引吭高唱。

作于1993年1月10日

**注释：**

① 冻土春草：冻土下面春草萌生，喻生命力之顽强。

② 残月朝阳：黑夜消尽，白昼来临。喻自然运动之规律不可抗拒。

# 鹊桥仙·有赠

欣闻湖州电工厂1993年产值将超亿元,感而赋之。

跃马浙北,
问鼎中原,
凌厉直奔一亿①。
敢与群雄②争高低,
指市场烽火千里。

胸怀世界,
心有灵犀③,
连通万家信誉。
更喜东风解人意,
将客户戏称皇帝。

作于1993年1月13日

**注释:**
① 一亿:指该厂当年产值指标。
② 群雄:指国内同行业生产厂家。
③ 灵犀:见唐李商隐诗《无题·昨夜星辰昨夜风》"心有灵犀一点通",
同时暗喻该厂生产的"长城牌"漆包线之形状与功用。

# 鹊桥仙·赠盛云龙①

巧夺天工，
色羞彩霞，
缝出秋冬春夏。
丝绸芳名响中华②，
如练溪轻柔潇洒。

畅销西欧，
饮誉东亚，
尽将世界美化。
人多才智依多金，
创名牌前景如画。

作于1993年1月17日

注释：

① 盛云龙：浙江依多金制衣有限公司总经理，年轻有为，仅短短几个月时间，便将一个亏损企业整治成练市闻名的创税利大户，所产生的丝绸服装远销国外，成绩显著，故吟此词赠之。

② 丝绸芳名响中华：丝绸为中华特产，自古以来与瓷器一起闻名世界。

# 鹧鸪天·悯农

轻阴薄寒四月天，
柳枝无力随风颠。
心怜箭雨<sup>①</sup>摧油菜，
眼看涝渍<sup>②</sup>到良田。

池塘溢，
沟渠满，
清明时节雨潺潺。
微官岂敢忘民疾，
枕边夜夜不成眠。

作于1993年3月27日

注释：
　① 箭雨：骤雨如箭。
　② 涝渍：水满为患，通称涝渍。

# 蝶恋花·无题

细雨落花飘如雪，
流水无语，
悠悠为谁泣。
东风杜鹃总啼血，
香淡红消去无迹。

梁上双燕语切切，
暖巢锦窝，
恩爱共蜜月。
此意此情春不识，
无端又教衣衫湿。

作于1993年5月4日

# 踏莎行·赠友人

隆中心事，
柴门踪迹，
一朝功成垂千古。
丞相祠堂我忆君，
江南村野君忆我。

三十功名，
九州抱负，
雄心豪情壮如虎。
风云际会何日至，
跃马赤壁吞强虏。

作于1993年6月10日。

注释：
　　因出差成都之便，参观诸葛亮纪念祠堂，归有所感，作此寄友。

# 七绝·赠友人

艳阳瑞雪美如诗，
又值红梅报春时。
莫叹两鬓添白发，
东风着意催新枝。

作于1993年12月29日

# 七绝 · 故乡四吟

## 一

落叶秋风小镇寒，
依依挥手泪潸然。
心恋故土一寸热，
身如浮云千般远。

## 二

朝晖先临读书窗，
案头万机兴欲狂。
昔日运筹改革处，
而今已成工商行①。

## 三

客居燕城归去来，
眉锁乡音几回开。
夜深忽忆当年事，
月下灯前起徘徊。

# 四

不叹坎坷不叹贫，

只叹此身未了情。

早知刘郎问田舍，

应悔当年觅功名。


作于1995年12月30日


**注释：**

　① 工商行：原练市镇政府大楼现已改成了工商银行。

**练溪**（沈根发摄）

# 小重山·故乡情

　　癸酉年金秋十月赴二轻上任，同事相送于练溪之上，依依不舍，感慨万千。时光匆匆已过三载，偶赋小诗一首，以抒胸臆。

金秋玉露晓风轻，
稻浪涌千里，
练溪清。
故人故地几多情？
耐思寻，
别时泪沾襟。

丰年忆耕耘，
飞燕思旧巢，
一片心。
总把希冀寄来春。
盼东风，
催得柳丝新。

作于1996年1月16日

# 鹊桥仙·湖城大雪

摩天叠玉，
遍地飞花，
湖城披盔戴甲。
千山万水静无言，
看篱边寒梅争发。

缱绻楼前，
缠绵檐下，似说悄悄情话。
扫尽尘埃成大统，
应自信人间无邪。

作于1996年1月24日

# 七绝·秋韵

一场骤雨送残暑，
数枝残荷摇新凉。
更有寒蝉鸣不住，
又诉秋韵到斜阳。

作于1996年9月12日

# 满江红·调离练市三周年纪念

萧萧秋风，
今又是，
流水日月。
怕回首，
往事惊心，
断肠时节。
别后此去无归期，
辞别一夜鬓如雪。
练溪上、盛宴送我行，
歌犹泣。

碧流桥①，
今如昔；
碧流事，
已难觅。
十四载②风雨，
同赴舟楫。

晨星暮月常含苦，

民意乡情共休戚。

空留得、梦魂萦故里，

长叹息。

作于1996年10月23日

**注释：**

　　① 碧流桥：原镇政府门前一小桥，桥名"碧流"。

　　② 十四载：作者曾在练市镇工作十四年之久。

乌家弄（沈根发摄）

# 唐多令·游天赋度假村

云障青山秀，
雾散碧水清。
惊天赋，明珠绿荫。
应是神仙聚散处，
疑世外、出红尘。

翠竹摇诗兴，
碧水入画境。
料李杜，此景难吟。
何止"浙北第一库"①，
酬壮志、慰平生。

作于1996年11月3日

注释：
① 赵朴初先生曾誉天赋水库为"浙北第一库"，并欣然为之题词。

# 风入松·商海

商海横流势滔滔，
市场竞风骚。
金钱劈破千重浪，
传真机，
频送捷报。
儒夫望洋兴叹，
勇士戏水弄潮。

归来豪情尚未消，
红粉翠屏绕。
时代造就英雄业，
开盛宴，
美酒良宵。
自古战场白骨，
而今舞场佳肴。

作于1996年11月9日

# 风入松·秋意

寒雨连江夜潇潇，
落叶尽飘摇。
曾是绿肥红瘦地，
怅西风，
锦绣烟消。
轻寒顿生愁绪，
寂寞犹添离骚。

身困眼倦意气消，
旧梦频相招。
试问春景何处有？
却说道，
夜长路遥。
也想笔下风月，
奈何心头惊涛。

作于1996年11月12日

# 满庭芳·名优居

记1996年绍兴、湖州名优产品展销暨经贸洽谈会在成都召开

琳琅货架，
缤纷精品，
一展吴越风韵。
霓虹绰约，
跃出画中影。
红绒白锦铺设，
更显得，
流彩纷纭。
赛英姿，
匠心画意，
疏密总相宜。
诗情，
宜长吟，
阳春白雪，
慢乐轻音。
迎宾带微笑，

来客添温馨。

试看红男绿女，

兴匆匆，

寻奇觅新。

好一如<sup>①</sup>，

商海竞舟，

千帆尽入云。

作于1996年12月5日

**注释：**

　① 好一如：系当地方言，好像的意思。

# 七绝·游峨眉山

群山昂首仰金顶，
古刹钟声宜远听。
千丈云雾百丈谷，
人道此中有禅心。

作于1996年12月7日

# 游长江三峡（四首）

### 一、小三峡

两崖猿声一窗烟，
才过急流又险滩。
东风十里游人醉，
巴山蜀水有新篇。

### 二、乐山大佛座前打油

我佛缘何坐凌空，
三江惊涛脚下拥。
保尔南来北往客，
吉祥平安回家中。

### 三、晨游鬼城丰都

红霞如剑压丰都，
满城但闻鬼号哭。
恶魔今已悔前罪，
敢问人间奸邪何？

## 四、游张飞庙

松声十里如惊涛，
夜半犹闻杀气高。
当年结义今何在，
不尽长江水滔滔。

作于1996年12月1日

# 五律·湖城捷报传

赠 1997 年湖州市"十佳"优秀女企业家黄惠娟女士

湖城捷报传，
奖台见佳人。
新笋发冻土，
寒梅报早春。
"十佳"有巾帼，
三载勤耕耘。
今朝从头越，
创业永无垠。

作于1997年1月7日

# 鹊桥仙·练市公园有感

练市公园，经数届政府努力，历尽周折，终已建成。为选址、征地等前期建园工作奔走呼号的我，深感欣慰。吟得小诗一首，诚表祝贺之心。

风拂稚柳，
雨洗新竹，
闲花点染苍苔。
楼阁玲珑曲径长，
碧池中银鳞跃彩。

老翁对弈，
幼童戏耍，
情侣细语脉脉。
昔时旧梦喜今圆，
倚斜阳几多感慨。

作于1997年1月26日

练溪塔（沈根发摄）

# 七绝·病中吟

暮年有病易伤情，
旧事如梦忆犹惊。
自笑已无凌云志，
无病无灾过一生。

作于1997年5月19日

# 清平乐·迎香港回归

普天同庆，
江山万里盛。
高奏凯歌昂首行，
百年耻辱雪净。

紫荆迎来朝霞，
笑声摇落泪花。
圆了数代旧梦，
今日壮我中华。

作于1997年6月18日

# 卜算子·早春为小孙女周岁而作

晨鸡呼旭日，
寒溪酿春汛。
冰雪千里花千树，
红梅俏丽影。

大道一步始，
纯钢百锻成。
更有好风凭借力，
长空育雏鹎①。

作于1997年7月3日

注释：

① 雏鹎（bēi）：白头鹎，别名白头翁。

# 渔家傲·冬

阶前黄叶秋警意，
夕阳归雁天无际。
凉透单衫心欲悸。
衰草地，
暮烟苍茫危楼依。

莫道闲愁遣无计，
梧落自有梅花继。
酷暑寒冬互利弊<sup>①</sup>。
过一季，
东风又春普天喜。

作于1997年10月28日

注释：
① 酷暑寒冬互利弊：指对人类生活的影响而言，冬夏气候俱有所长，各
有所短。

# 青玉案·春节

柳丝梢头东风细，
冻土一丝苏意。
桃符春联各风靡。
融融祥瑞，
迎新恭喜，
锦绣繁华地。

盼年儿时屈指计，
压岁彩花试新衣。
旧事如斯今日异。
昨天欢笑，
明朝白发。
闲绪向谁寄？

作于1998年1月29日

# 七律·太湖山庄

青山缺处见山庄，
碧水千顷曲栏长①。
朝雨楼台花千树，
夜灯画舫酒一酌。
鱼肥米白富贵地，
舞侵歌轻温柔乡。
借问游人去何处，
梅州②垂钓饵犹香。

作于1998年2月14日

注释：

① 曲栏长：是太湖山庄东侧环湖建造的一座栈桥栏杆。该桥长1300米，
  是目前国内最长的人行桥。桥上行人凭栏远眺，可饱览太湖风光。

② 梅州：太湖山庄地名，位于太湖南岸，是湖州重要旅游景点，因小梅
  山而名。

# 渔家傲·天安门前观升旗

巨柱擎天平地竖，
民族脊梁①神威护。
天意人情汇聚处。
客无数，
八方奔来争一睹。

此刻旭曙天际吐，
卫士南来嚓嚓步。
徐徐升起呼如虎。
情难诉，
大国风采迎风舞。

作于1998年3月11日

注释：
① 民族脊梁：喻国旗旗杆。

# 七绝·自嘲

词章案头懒耕耘，
江湖恩怨复谁论。
自笑宏图成白发，
依依膝头弄幼孙。

作于1999年2月7日

# 八声甘州·岁暮

看春风秋雨兴衰连，
悠悠碧蓝天。
有豪杰无数，
风云际会，
评指江山。
任你潮升水落，
一垄墓堆寒。
争如留清名，
世代相传。

廉勤天下去得，
若为政贪奢，
寸步难前。
叹多少好汉，
涉贿落雕鞍。

想当初，
珠宝美人。

又怎知，
似蛾绕灯欢<sup>①</sup>。
梦醒时，
追悔莫及，
双泪空干。

作于1999年2月28日

注释：

① 似蛾绕灯欢：取飞蛾扑火之意。

# 鹊桥仙·赠巨人电梯有限公司钱江总经理

搏龙身手，
书生风度，
胸有宏图不露。
敢与西洋试比高，
借长梯仙阙可去。

爱心铸业，
肝胆报国，
全赖科技引路。
更有改革风频吹，
又何惧关山险阻。

作于1999年3月15日

# 踏莎行·热烈祝贺湖州市
# "两会"①胜利召开

风染花红，

雨滋苗绿，

江南处处春光沐。

朝阳如画景含情，

又逢盛会新颜馥。


届聚群贤，

言出铮语，

权衡利弊论全局。

解开难点问良谋②，

迎来大事华章续。

作于1999年3月24日


注释：

① 两会：指1999年湖州市四届二次人大、政协会议。

② 良谋：人大、政协委员参政议政，为党之良谋。

# 临江仙·赠诗人柯平先生

流水子桥初遇，
光风曦月铭心。
练溪无语长吟。
人生知己少，
未诺已千金。

冷眼相看世事，
热情对待友朋。
几回把酒论古今。
家藏书万卷，
谁道君清贫。

作于1999年3月29日

# 临江仙·赠昔日同学今日同事潘锦霖先生

四十年前旧梦，
两小无猜真情。
同窗共坐论雄心，
考试争名次，
放学结伴行。

尔今相看老迈，
叱咤工业风云。
家事国事总劳神，
酬得鸿鹄志，
可怜霜满鬓。

作于1999年3月31日

# 临江仙·赠姚新兴先生

博古通今才八斗，
书坛画案殷勤。
笔底春秋透温馨，
师临唐宋帖，
功集明清神。

一纸丹青天地阔，
能容万种风云。
尺幅妙手写乾坤，
莫愁前路远，
四海有知音。

作于1999年4月5日

# 少年游·小镇春景

菜黄桑碧柳丝新，
蜂蝶舞姿轻。
鸟鸣电杆，
花落大厦，
景从妙处生。

谁家女儿春衫薄，
双双马路行。
手机新款，
皮鞋摩登，
醉倒三月春。

作于1999年4月3日

# 浪淘沙·赠沈颂良先生

缓缓水东流，
阅尽春秋，
悄然岁月最难留。
今世相逢应是缘，
此情悠悠。

潇洒不言愁，
风雨同舟，
闲来无事小梅州①。
妙语雄文惊四座，
宜与绸缪。

作于1999年4月10日

注释：

① 小梅州：即梅州，太湖山庄地名，位于太湖南岸，是湖州重要旅游
景点，因小梅山而得名。

# 捣练子·花间独饮

披皓月，
对清风，
淡淡往事花影中。
欲说还休心最苦，
酒杯未空泪先空。

作于1999年6月22日

# 青玉案·斩蛟龙

1999 年 6 月 30 日，湖州四乡暴雨成灾，一片汪洋。许多村庄被淹，交通中断，良田漫溢。军民上下一心，抗洪救灾，气壮山河！感而赋之。

云低雨骤天如漏，
山郭城市浸透。
夜来洪峰如奔牛①。
穿村过镇，
毁堤决口，
茫茫大地走。

百年洪涝今罕有，
死守严防战歌吼。
众志誓保乡土秀。
军民同心，
沙包铁锹，
笑斩蛟龙②首。

作于1999年7月1日

**注释:**

① 夜来洪峰如奔牛：喻洪水来势汹汹，如千万头无缰之牛奔来。

② 蛟龙：俗谓龙为雨神，故有此喻。

# 满江红·强国梦

观中华人民共和国成立五十周年国庆阅兵实况转播宏大场
面作

处处新颜，
庆十一、五旬华诞。
喜放眼、举国上下，
花簇锦团。
十亿高歌惊宇内，
九州欢舞震霄汉。
看战鹰掠过天安门，
情正酣。

改革志，
曾烂漫；
强国梦，
犹丰满。
奈关河冷落、列强非难。
驱虎斩狼濯旧耻，
腾蛟跃马创奇观。

看中华、众志与天齐，
雄风展。

作于1999年9月19日

# 七律·湖笔颂

文房四宝君为首，
此道元祖出湖州。
刚中有柔书今古，
毫端藏锋写春秋。
行云流水看潇洒，
描影绘神称风流。
更有丰功道不尽，
奸倭善恶笔下留。

作于2000年9月

# 菩萨蛮·赠伊人

新年伊始，湖州第二塑料厂厂长丁新华女士索句于系统宴庆之中，勉力为之。

胸中豪气席中酒，
一杯潇洒八方友。
巾帼诚雄才，
敢教须眉栽。

运筹慧密思，
商战有妙计。
处事更清明，
企业面貌新。

作于2001年1月30日

**练市粮仓**（周正泉摄）

# 七律·赠网友郭恢女士

聊吧人散言无凭，
叶落梧桐蒂有痕。
温语听来质如雪，
冰肌料必玉为魂。
单衣坐久觉斋冷，
孤灯遥思怯眼昏。
今夜不知人何处，
幽梦已到悬壶门①。

作于2001年9月

注释：

① 悬壶门：中医别称。悬壶者，典出晋代葛洪《神仙传》，相传道医壶
公以医技普济众生。网友郭恢系中医。

# 七律 · 哭堂兄坤鱼

堂兄坤鱼，一生勤勉，忠厚淳朴，暮年不幸染痴呆症，终年六十八岁，感而送之。

红尘谁念命有终，
死去方知万事空。
彻夜哭声兼冷雨，
满天纸钱类飘蓬。
贫贱富贵同道①客，
英雄草寇一炉②融。
抚棺欲诉昔年事，
已隔阴阳各西东。

作于2001年9月

注释：
　① 同道：一路同行，喻黄泉路上彼此无分。
　② 一炉：火葬场焚化炉之简称。

# 七律·遗怀

满目游丝①侵游魂②，
如痴似醉意昏昏。
临窗写字常停顿，
对月寻诗半沉吟。
梦里春花开不谢，
灯前情思苦难禁。
无端更被镜台恼，
白发鬓边添几茎？

作于2001年10月

**注释:**

① 游丝：满天柳絮。
② 游魂：喻心神，如柳絮无定、随风飘荡。

# 七律·哭家母

　　家母出身贫寒，自小因父母无力抚养而当了童养媳，生有二子一女。一生勤劳能干，节俭厚道。于2002年1月12日寿终正寝，享年八十三岁。诗以志哀。

白帏素烛哀重重，
遗照望来似梦中。
黄土已隔人远近，
瓣香犹忆情始终。
王母枉传灵芝药，
华佗亦无回天功。
检数生前教诲事，
泪珠凝血点点红。

作于2002年1月

# 七律·春愁

去年旧巢燕来频，
流水落花载春行。
芭蕉不解人惆怅，
偏传叶上夜雨声。

作于2002年4月

# 七绝·春夜煮茶得句

泥灶瓦缶静无哗，
春寒今夜到灯花。
自煮新茶回味苦，
一回品咂一嗟牙。

作于2002年4月

# 酒（打油体）

古往今来一杯酒，
波澜壮阔五千秋。
英雄壮士一杯酒，
虎胆豪情天下走。
庆功贺喜一杯酒，
高朋颂歌处处有。
请神祭祖一杯酒，
宏愿大志天地佑。
逢年过节一杯酒，
送旧迎新歌满喉。
婚嫁喜庆一杯酒，
夫妻恩爱到白头。
失意悲伤一杯酒，
往事不堪重回首。
闲来无事一杯酒，
自斟自饮喜悠悠。
国事家事总用酒，
潇洒一杯万事周。

世界如果没有酒，
千年黄河也倒流。

作于2002年12月

# 后 记

最近几年来，身边的几个朋友都鼓励我把平时写作的一些诗词整理出来，出一本小册子，有几个热心者还为我物色知名的学者为这本小集写序，但我几次婉言谢绝了他们的好意。因为我自己知道，我的这几首诗词，无论从思想、艺术、格调、韵律的角度都还很不成熟，实在羞于见人。

我是一个只读过半年初中的地道农民，自小"乐躬耕于田亩"。虽然出身贫寒，却自幼时起就爱读古典诗词，对"大江东去"的豪放，"铁马冰河"的壮阔，心驰神往，忘情得不知所止。在自得其乐的吟习之余，时间一长，自己有时也不免"照葫芦画瓢"地写上几句。"文革"中，作为封资修的东西，统统付之一炬。20世纪70年代参加工作以后，喜欢古典诗词的习惯还是没有改变，偶尔写上几首，只作自我欣赏，自己明白，这些东西实在是难登大雅之堂的。

1989年，著名诗人柯平先生和摄影记者杨帆经练溪中学校长徐建新的牵头，为即将通车的练市抢拍一部志在保存古镇风土人情、习俗概貌的纪录片，使我们互相认识，并继而成为挚友。在以后的十多年中，由于他们的热心帮助，我的写作技巧有了一些提高，其中有些习作也得以在一些刊物上发表出来，由此也更激起了我的写作热忱，眼下之所以想把这些不成熟的东西凑在一起予以出版，说实在的也是许多朋友的怂恿和鼓励的结果，由于自己的水平原因，其中难免存在这样或那样的错误和问题，如音律讹误、用词不当、整体意境有欠明朗澄澈等，希望读者诸君不至见笑，更望能得到大家的批评和帮助。在此一并表示感谢！

2002 年 7 月 21 日